Doli Alana i'w gwisgo

Rhaid bod yn ofalus wrth dorri
ar hyd y dotiau. Gofynnwch i
oedolyn eich helpu.

Ewch i gefn y llyfr i gael
gwisgoedd gwych Alana!

Alana
Seren y Ddawns

Gwisg Felen

Arlene Phillips

addasiad Emily Huws

Darluniau gan Pixie Potts

Gwasg Carreg Gwalch

Fflur Haf

Keisha

Math

Indeg

Criw Stiwdio Stepio

Alana

Meena

Cadi

Trystan

I Abi, sydd bob amser
wedi fy ysbrydoli

Pennod 1

'Ych a fi, Trystan, mae hynna'n afiach!' sgrechiodd Alana, ond yn gorfod chwerthin ar yr un pryd.

Eisteddai Alana a Trystan gyferbyn â'i gilydd yn ffreutur yr ysgol, ac roedd Trystan newydd wneud i gawl tomato ddod allan drwy'i drwyn a diferu i lawr ei ên.

'Hei, Trystan, wnei di ddangos i mi sut i wneud hynna?' galwodd bachgen o ben draw'r bwrdd. 'Wedyn, mi fedra i godi cyfog ar fy chwaer pan fyddwn ni'n cael cinio gartre!'

'Iawn!' atebodd Trystan. Cydiodd yn ei ddysgl a symud at y bechgyn, gan adael Alana ar ei phen ei hun.

Ochneidiodd Alana. Roedd Trystan yn mynd i Stiwdio Stepio lle byddai hi'n cael gwersi dawnsio bob wythnos. Ond doedd o'n sicr ddim yn edrych fel dawnsiwr ar hyn o bryd.

Yn ffodus, doedd Alana ddim ar ei phen ei hun yn hir gan i Meena, ei ffrind gorau, ddod ati. 'Be wyt ti'n feddwl am y Stomp Ddawnsio Ffurfiol 'ma?' gwichiodd Meena gan eistedd i lawr. 'Cyffrous, yntê?'

Cystadleuaeth rhwng y siroedd oedd y Stomp Ddawnsio Ffurfiol. Roedd eu hathrawes ddawns, Fflur Haf, wedi sôn amdani yn Stiwdio Stepio y noson cynt. Roedd hi'n bwriadu dewis y ddau gwpwl gorau yn adran y walts Fiennaidd – ac roedd gan bawb bythefnos i ymarfer cyn iddi ddod i benderfyniad.

"Swn i wrth fy modd yn cystadlu!' atebodd Alana, a'i hwyneb yn goleuo. 'Dwi am ymarfer yn galed, galed. Ti'n siŵr o gael dy ddewis, Meena – rwyt ti'n wych am waltsio.'

'Diolch,' mwmialodd Meena'n ddistaw, 'ond dwi'm yn meddwl bod gen i obaith. Cofia mai Trystan ydi 'mhartner i, a dydi o ddim hyd yn oed yn trio.'

Edrychodd Alana at ben draw'r bwrdd lle roedd Trystan a'i ffrindiau erbyn hyn yn brysur yn fflicio pys at ei gilydd.

'Mae'n biti garw,' atebodd yn llawn cydymdeimlad. 'Yn arbennig gan y gallai o fod yn ddawnsiwr gwych. Ond dydi o byth yn gwneud ymdrech.'

'Ar ei fam o mae'r bai,' ochneidiodd Meena. 'Roedd hi'n arfer dawnsio'n wych erstalwm ond roedd yn rhaid iddi roi'r gorau iddi ar ôl cael damwain. Rŵan mae'n disgwyl i Trystan gymryd ei lle hi, ond dydi o ddim eisio.'

'Ie. Mae'n rhaid i mi gyfaddef mod i'n falch mai efo Keisha dwi'n dawnsio,' meddai Alana. 'Byddai'n well gen i gael bachgen yn bartner, ond mae Keisha'n dda am ddysgu stepiau ac yn ymarfer yn galed.'

Daeth bloedd o chwerthin o ben draw'r bwrdd i dorri ar draws eu sgwrs. Roedd Trystan wedi rhoi dwy ffon fara yn ei geg i smalio gwneud dau ddant hir ac roedd yn

griddfan yn erchyll, 'Fi ydi
Draciwlaaaaa!'

Edrychodd Alana a Meena ar ei
gilydd gan godi'u haeliau.
Ochneidiodd Meena.

'Wrth edrych ar Trystan rŵan, wyt
ti'n meddwl bod gobaith i Fflur Haf ein
dewis ni ar gyfer y Stomp?' meddai.

Chwarddodd Alana. 'Dwi'n deall yn
iawn be sy gen ti! Ty'd 'laen – mae 'na
fisgedi siocled i bwdin. Ella y byddi
di'n teimlo'n well wedyn. A' i i nôl rhai
i ni.'

'Iawn,' meddai Menna, 'ond gad i ni
symud i fwrdd arall!'

Pennod 2

Pan gyrhaeddodd Alana adref y noson honno galwodd 'helô' ar ei mam, a rhwbio pen ei chwaer fach chwech oed, Abi, cyn rhuthro i fyny'r grisiau i ffonio Keisha.

'O! 'Swn i wrth fy modd yn cael fy newis ar gyfer y Stomp Ddawnsio Ffurfiol,' meddai Keisha. 'Byddai'n braf iawn cael dawnsio yn Neuadd y Ddinas ar lwyfan proffesiynol!'

'Byddai!' atebodd
Alana. 'Beth am
gyfarfod i ymarfer
ar ôl ysgol bob
dydd – dy dŷ di
un noson a 'nhŷ i
y noson wedyn?'
'Iawn!' meddai Keisha.

'Glywaist ti fod y Stomp Ddawnsio'n
cael ei ffilmio ar gyfer y rhaglen
newyddion lleol?' gofynnodd Alana.

'Os cawn ni'n dewis, byddwn yn sêr
teledu!' atebodd Keisha. 'Ella bydd
rhyw gynhyrchydd enwog yn sylwi
arnon ni ac yn gofyn i ni fod mewn
ffilm. Wedyn bydd raid i ni symud i
Hollywood a mynd â'n teuluoedd efo
ni.'

'Bydd!' chwarddodd Alana. 'A chael
rhannu plasty anferthol efo stiwdio

 14

ddawns go iawn ynddo i ymarfer –'

'A chwrt pêl-rwyd –' torrodd Keisha
ar ei thraws.

'A mynd i ysgol swanc yn Beverly
Hills yn lle Ysgol Gynradd Pen-y-bont,'
ychwanegodd Alana. 'Heblaw pan
fyddwn ni'n ffilmio – byddwn yn cael
gwersi preifat bryd hynny.'

'A chael ystafell wely anferth bob un
efo gwely pedwar postyn a set deledu
sgrin fflat ac ystafell molchi bersonol,'
ychwanegodd Keisha.

'A mynd â Fflur Haf efo
ni i fod yn athrawes
ddawnsio i ni a . . .'

Ond ar hynny
torrwyd ar draws
geiriau Alana
gan sŵn curo
ar ddrws ei llofft.

'Alana, *os gweli di'n dda* ddoi di oddi ar y ffôn?' gwaeddodd ei mam. 'Dwi eisio siarad efo ti.'

'Rhaid i mi fynd,' meddai Alana wrth Keisha. 'Ond ty'd draw ar ôl swper i ni gael ein hymarfer cyntaf.'

'Iawn – wela i di!' meddai Keisha.

Rholiodd Alana oddi ar y gwely ac agor y drws.

'O'r diwedd!' meddai ei mam. Safai Abi y tu ôl iddi yn tynnu ar ei siwmper i geisio cael ei sylw.

'Aros funud, Abi!' meddai Mam yn bigog. Trodd yn ôl at Alana. 'Dwi angen i ti warchod Abi y nosweithiau nesa 'ma gan fod raid i mi astudio.'

'BE?' sgrechiodd Alana ac Abi ar yr un gwynt.

'Mae'n rhaid i mi ymarfer ar gyfer y

Stomp Ddawnsio!' gwaeddodd Alana.

'Mae Alana'n gas pan fydd hi'n edrych ar f'ôl i!' cwynodd Abi.

'Byddwch DDISTAW!' gwaeddodd eu mam, ei dwylo dros ei chlustiau. 'Gwrandwch, wir! Mae gen i arholiad pwysig iawn ymhen deg diwrnod. Os na wna i weithio, mi fydda i'n methu. Dwi'n gweithio yn y caffi drwy'r dydd, a fin nos ydi'r unig gyfle ga i i astudio. Rŵan, Alana, mae'n rhaid i ti edrych ar ôl Abi. Ac Abi, mae'n rhaid i ti fod yn hogan dda i Alana. YDACH CHI'CH DWY'N DEALL?'

'Ydan, Mam,' meddai'r ddwy yn ddistaw. Doedd dim diben dadlau efo'u mam pan oedd hi yn yr hwyliau yma.

'Cofiwch,' meddai Mam wedyn, 'dwi

ddim eisio i 'run ohonoch chi ofyn i'ch ffrindiau ddod draw tra dwi'n astudio. Mae'r tŷ 'ma'n ddigon swnllyd fel mae hi.'

'Iawn, Mam,' ochneidiodd y genod wedyn.

Dyna siom! Teimlai Alana nad oedd ei mam byth yn deall mor bwysig oedd dawnsio iddi. Y cyfle cyntaf gafodd hi, cododd y ffôn i ddweud y newyddion drwg wrth Keisha. Roedd hi'n llawn cydymdeimlad, ac yn siomedig hefyd – os na fedrai hi ac Alana ymarfer, byddai'n effeithio ar eu siawns o gael eu dewis.

Drannoeth, rhoddodd Alana bitsa yn y meicro i Abi a hithau. Yna, unwaith roedden nhw wedi bwyta a chlirio ar eu holau, bu'n chwarae efo'i chwaer tan amser gwely. Doedd dim amser hyd yn oed i *feddwl* am y walts, heb sôn am ei hymarfer hi.

Y noson wedyn, am ei bod mor awyddus i ymarfer dawnsio, gofynnodd Alana i Abi waltsio efo hi. Roedd Abi wrth ei bodd. Fyddai Alana byth yn gadael iddi ddawnsio efo hi fel arfer.

'Gwranda, Abi,' meddai Alana, 'dim ond tair o stepiau sy yn y walts Fiennaidd. Ond dydi hi ddim mor hawdd ag mae'n swnio chwaith. Does dim llinellau syth yn y ddawns. Rhaid troi mewn cylchoedd drwy'r adeg ac mae'n hawdd cael pendro.'

Nodiodd Abi, yn glustiau i gyd.

'Felly,' meddai Alana, 'dwi'n mynd i roi'r miwsig ymlaen a rown ni gynnig arni hi.'

Cyn gynted ag y clywodd hi'r

miwsig, dechreuodd Abi droi rownd a rownd yr ystafell gan chwerthin yn uchel.

'PAID!' gwaeddodd Alana gan droi'r miwsig i ffwrdd. 'Os na fedri di drio'i wneud o'n iawn, does dim pwrpas o gwbl i ti ymarfer efo fi.'

'Ddrwg gen i, Alana,' meddai Abi'n ddiniwed. 'Wna i drio, wir.'

Dangosodd Alana iddi sut i sefyll yn gywir i ddechrau'r walts. 'Gerddwn ni drwyddi heb y miwsig i ddechrau. Rwyt ti'n symud ymlaen efo dy droed dde yn troi i'r dde, wedyn i'r ochr efo dy droed chwith gan ddal i droi, yna ty'd â dy droed dde i gau at dy droed chwith.'

'P'run ydi fy nhroed dde i?' gofynnodd Abi, gan sathru ar droed Alana.

20

'Awtsh!' sgrechiodd Alana. 'Dwi'n rhoi'r ffidil yn y to, wir. Dyna beth oedd syniad gwael. Cha i *byth* fynd i'r Stomp Ddawnsio. Y peth callaf ydi i mi anghofio popeth amdani.'

Pennod 3

Aeth Alana i'r ysgol ychydig ddyddiau'n ddiweddarach mewn gwaeth hwyl fyth. Dylai fod wedi mynd i'w dosbarth dawnsio yn Stiwdio Stepio y noson cynt, ond yn lle hynny roedd hi wedi gorfod aros gartref i warchod ei chwaer.

Cydiodd ym mhenelin Meena yn y coridor ar ei ffordd i'r ystafell ddosbarth. 'Sut aeth pethau yn Stiwdio Stepio?' gofynnodd. 'Sut hwyl gafodd

Keisha heb bartner?'

Ddywedodd Meena 'run gair am eiliad, cyn mwmial yn chwithig, 'A dweud y gwir, mae gan Keisha bartner. Pan glywodd Fflur Haf dy fod ti'n methu dod i'r dosbarth, gosododd Keisha efo Jamie.'

'O, na!' gwaeddodd Alana. 'Mae hynna'n gwbl annheg! Mae Keisha'n gwybod gymaint dwi eisio bod yn y Stomp. Dim ond am ei bod hi eisio dawnsio efo bachgen!'

'A dweud y gwir, Alana, nid ar Keisha oedd y bai,' meddai Meena'n dawel. 'Doedd ganddi hi ddim dewis.'

'Oedd, roedd ganddi hi!' cwynodd Alana. 'Allai hi fod wedi

dweud, "Na, Alana ydi fy mhartner i".'

'Ti'n gwybod yn iawn na fedrai hi ddim, Alana,' atebodd Meena. 'Does neb yn dweud "na" wrth Fflur Haf.'

Ochneidiodd Alana. Gwyddai fod Meena'n dweud y gwir. Roedd Fflur Haf yn athrawes ardderchog, yn rhannol am fod ganddi ddisgyblaeth gadarn iawn. Pan siaradai Fflur Haf, roeddech chi'n ufuddhau – a doedd neb yn meiddio dadlau efo hi.

'Mae'n debyg dy fod ti'n iawn,' meddai Alana. 'Beth bynnag,' ychwanegodd, 'sut hwyl wyt ti a Trystan yn ei gael?'

'Ofnadwy,' meddai Meena.

'Pan oedden ni'n ymarfer, doedd o'n gwneud dim byd ond sôn am ryw symudiad newydd mae o wedi'i ddysgu ar ei sglefrfwrdd – yn lle canolbwyntio ar gamau'r ddawns. Yna, pan oedden ni'n troelli rownd a rownd yn y ddawns, roedd o'n smalio ein bod ni ar waltser mewn ffair.'

'Dydi o ddim yn hanner call,' ochneidiodd Alana. 'A beth am Indeg? Ydi hi'n dal i ddawnsio efo Math?'

'Ydi,' atebodd Meena. 'Maen nhw'n gweithio'n dda iawn efo'i gilydd – mae'r ddau'n ddawnswyr mor dda. Ond biti bod Indeg mor annifyr drwy'r adeg. Roedd hi hyd yn oed yn edrych yn falch pan glywodd dy fod ti'n methu dod i'r dosbarth.'

'O, wel,' ochneidiodd Alana. 'Mae gen i ddigon i boeni amdano heb feddwl am Indeg.'

Wrth gerdded adref o'r ysgol y noson honno, doedd Alana ddim yn gallu meddwl am unrhyw beth heblaw'r Stomp Ddawnsio. Roedd hi'n agos at ddagrau am ei bod hi'n colli cyfle mor wych.

Gan fod cymaint ar ei meddwl, sylwodd hi ddim ble roedd hi nes gwelodd o gil ei llygaid y golau'n dod o Ffasiwn Steil, siop wisgoedd Madam Sera. Petrusodd. Gwyddai y dylai fynd yn syth adref er mwyn gwarchod Abi. Ond wir, fu hi erioed gymaint o angen help Madam Sera.

A' i i mewn am ryw ddeg munud i gael sgwrs efo hi, meddyliodd. Yn bendant, wna i ddim rhoi gwisg amdanaf. Bob tro roedd Alana wedi gwneud hynny yn siop Madam Sera, roedd hi wedi cael antur anhygoel. Ond heddiw, doedd hi ddim yn chwilio am unrhyw gyffro – yr unig beth roedd hi eisiau oedd gweld wyneb cyfeillgar Madam Sera.

Sychodd ei dagrau. Yna gwthiodd y drws ar agor.

Pennod 4

Ond pan gamodd Alana i mewn i'r
siop, suddodd ei chalon. Roedd
rhywun arall gyda Madam Sera –
geneth fach a'i mam, a'r ddwy wrthi'n
dadlau efo'i gilydd.

'Ond PAM na wnei di ei brynu o i
mi?' sgrechiodd yr eneth ar ei mam.
Cydiai mewn twtw pinc llachar â
darnau bach arian gloyw drosto.

'Am ei fod o'n rhy ddrud, cariad
bach,' meddai'r fam, gan fwytho pen

29

yr eneth yn llipa. 'Fedrwn ni
mo'i fforddio.'

'Ond dwi eisio fo! Dwi eisio fo! *Dwi
eisio fo*!' sgrechiodd yr eneth gan
ddyrnu'i thraed ar y llawr.

Roedd golwg boenus ar wyneb
Madam Sera. 'Mae gen i syniad,'
meddai hi. 'Pam na wnei di drio hwn?

Mae llawer o ddawnswyr bale ifanc yn ei ddewis.' Dangosodd dwtw syml gyda thair haen o sgertiau gwyn a band sidan gwyn.

'NA!' sgrechiodd yr eneth, gan roi swadan iddo o'i llaw a gwneud iddo syrthio ar y llawr. 'Yr un pinc dwi eisio!'

'Wn i, cariad bach,' meddai ei mam, yn dyner.

Trodd at Madam Sera. 'Mae'n rhaid i chi faddau i 'ngeneth fach i,' meddai. 'Mae hi'n hawdd ei chyffroi ac yn deimladwy iawn am ei bod hi'n falerina mor dalentog, wyddoch chi.'

Ddywedodd Madam Sera 'run gair.

Penderfynodd Alana fynd oddi yno. Yn amlwg, fyddai dim modd iddi siarad efo Madam Sera y noson honno.

Ond wrth iddi symud tuag at y drws, cododd Madam Sera ei llaw'n

awdurdodol. Arhosodd Alana yn ei hunfan. Gwnaeth Madam Sera siâp ceg: 'Rho bum munud i mi,' gan amneidio i gyfeiriad y gadair freichiau felfed.

Felly eisteddodd Alana tra daeth Madam Sera o hyd i dwtw pinc rhatach roedd yr eneth yn fodlon ei wisgo. Lapiodd y twtw mewn papur sidan a hebrwng y plentyn a'i mam o'r siop. Wrth iddyn nhw fynd drwy'r drws, clywai Alana'r eneth yn swnian.

'Ond PAM na cha i hufen iâ? Dim ots gen i os ydi hi'n dywyll allan. Dwi eisio un RWAN!'

Y munud y caeodd y drws, edrychodd Alana a Madam Sera ar ei gilydd. Chwarddodd y ddwy. Yna daeth Madam Sera i eistedd ati hi.

'Rŵan, 'ngeneth i,' meddai hi. 'Be

sy'n bod?'

'Sut gwyddoch chi bod rhywbeth yn bod?' holodd Alana.

'Mae dy lygaid di'n dangos bod rhywbeth yn dy boeni di, 'mechan i. Wn i hynny'n iawn. Aros di yn fan'na am funud bach. A' i i nôl diod i ti.'

Diflannodd Madam Sera i gefn y siop. Daeth yn ôl gyda llond mỳg o siocled poeth gyda hufen wedi'i chwipio a malws melys pinc a gwyn ar ei ben.

Tra oedd hi'n sipian, dywedodd Alana hanes y Stomp Ddawnsio Ffurfiol ac egluro pam na fedrai hi gymryd rhan.

Ar ôl iddi orffen siarad, cododd Madam Sera o'r gadair. 'Aros di'n fan'ma, 'mechan i,' meddai. 'Mae gen i'r union beth i dy helpu di.'

Ond ysgydwodd Alana ei phen.

'Dach chi'n garedig iawn, Madam Sera. Ond a dweud y gwir, os mai gwisg ydi hi, dwi ddim yn meddwl y gwnaiff hi unrhyw wahaniaeth. Does gen i ddim dewis ond gwarchod Abi, felly fedra i ddim ymarfer. Fydd gen i ddim partner chwaith.'

'Paid â phoeni,' atebodd Madam Sera. 'Cymera gip ar y wisg sy gen i mewn golwg.'

Cyn i Alana gael cyfle i ddweud rhagor, diflannodd Madam Sera rhwng y rheiliau dillad. Daeth yn ei hôl mewn chwinc yn cario gwisg ddawnsio ffurfiol.

Daliodd Alana ei gwynt. Melyn golau oedd y ffrog. O gwmpas yr haenau o sgertiau roedd clystyrau bychain o rosynnau sidan melyn, a channoedd o

fwclis disglair o amgylch y gwddw. Anghofiodd bopeth am fynd adref. Roedd yn *rhaid* iddi roi'r wisg amdani. Ond roedd yn rhy gymhleth ac yn rhy fawr iddi wneud hynny ei hun, a daeth Madam Sera i'r ystafell newid i'w helpu. Cydiodd yn yr holl sgerti a pheisiau er mwyn i Alana gamu i'w canol. Yna caeodd gefn y ffrog.

'Rŵan,' meddai Madam Sera, gan ei harwain yn ôl i brif ran y siop, 'dim ond un neu ddau o newidiadau bach sydyn.' Yn ddeheuig, cododd wallt Alana ar dop ei phen a'i drefnu, gan

adael i ambell gyrlen hongian o amgylch ei chlustiau. Yna dringodd ysgol i gyrraedd un o'r silffoedd uchel o amgylch y waliau. Pan ddaeth i lawr, gafaelai mewn pâr hyfryd o esgidiau dawnsio sidan melyn golau, yn cau â chlymau dolen diemwnt.

Ar ôl i Alana eu rhoi am ei thraed, syllodd arni'i hun yn y drych hir. 'Dwi'n edrych fel tywysoges,' ochneidiodd wrth i Madam Sera roi tiara ddisglair ar ei phen.

'Pam na weli di wyt ti'n medru dawnsio fel tywysoges hefyd?' awgrymodd Madam Sera. 'Aros funud bach. Mae angen digon o le ar gyfer y walts Fiennaidd.' Symudodd y ddwy gadair freichiau felfed i'r naill ochr a rowlio rêl llawn leotards yn nes at y wal. Erbyn hyn roedd llawr dawnsio bychan yng nghanol y siop.

'Barod?' meddai Madam Sera, yn curo'i dwylo. 'Dychmyga fod gen ti fachgen ifanc, golygus yn bartner i ti – a dawnsia!'

Caeodd Alana ei llygaid. Ymestynnodd ei breichiau i'r safle waltsio a dychmygu ei phartner yn sefyll o'i blaen. Er nad oedd hi'n bwriadu gwneud hynny, daeth wyneb Math i'w meddwl. Yn araf, dechreuodd droelli, gan gadw'r curiad 1, 2, 3, yn ei phen. Yna trodd yn gyflymach ac yn gyflymach, ac yn sydyn dechreuodd yr ystafell droelli efo hi. Teimlai ryw gosi bach rhyfedd dros ei chroen. Doedd hi ddim yn teimlo'r llawr o dan ei thraed erbyn hyn. Roedd hi bron fel petai'n hedfan – ond dawnsio oedd hi o hyd.

Yn bell, bell i ffwrdd yn rhywle,

clywai lais Madam Sera'n galw arni:
'Fydd dim yn haws na dysgu'r ddawns,
ac ar ôl i ti ddysgu digon, fe ddoi di
adre ar d'union! Doi! Fe ddoi di adre!'
Yna ciliodd y llais, ac yn ei le clywai
seiniau pell cerddorfa, yn chwyddo'n
uwch ac yn uwch.

Pan gyffyrddodd traed Alana â'r
llawr drachefn, agorodd ei llygaid.
Ond pan welodd beth oedd o'i blaen,
dychrynodd am ei bywyd – a'u cau'n
syth bìn!

Pennod 5

Pan oedd Alana'n teimlo'n ddigon
dewr i agor ei llygaid, gwelodd ei bod
mewn neuadd ddawns odidog.
Chwaraeai cerddorfa yn un pen, ac
o'i chwmpas roedd parau'n waltsio –
y merched mewn gwisgoedd cywrain
a'r dynion mewn cotiau cynffon fain.
Roedd ugeiniau o siandelïers llawn
canhwyllau'n disgleirio o'r nenfwd
uchel. O dan ei thraed roedd llawr
marmor wedi'i addurno â phatrymau

cymhleth. Teimlai Alana fel petai hi yng nghanol palas mewn chwedl dylwyth teg.

Cyn iddi gael cyfle i sylwi ar unrhyw beth arall, daeth bachgen gwallt tywyll â llygaid glas ati. Siaradai mewn iaith ddiethr ond, drwy ryw hud rhyfeddol, roedd hi'n deall pob gair.

'Ga i'r pleser o ddawnsio'r ddawns hon efo chi?' gofynnodd.

'Ym, pardwn?' atebodd Alana, yn gwrido. Neu, dyna beth roedd hi'n bwriadu ei ddweud, ond sylweddolodd ei bod hi'n siarad yr un iaith â'r bachgen.

'Eich cerdyn dawns,' meddai wrthi. 'Dwi'n siŵr ei fod yn llawn erbyn hyn, ond tybed oes yna unrhyw obaith fod lle arno i mi?'

'Does gen i ddim cerdyn dawns,' atebodd Alana.

'Ond mae hynny'n ofnadwy!' ebychodd y bachgen. 'Arhoswch, os gwelwch yn dda, ac fe af i nôl un i chi.'

Pan ddaeth y bachgen yn ôl, rhoddodd flwch arian cain iddi, gyda llun palas wedi'i ysgithro arno. Yn sownd wrth y blwch roedd pensel arian fechan, a phan agorodd Alana y blwch, roedd cerdyn tu mewn gyda rhestr o ddawnsfeydd arno. Ar frig

y dudalen, mewn ysgrifen sownd gyrliog, roedd y geiriau hyn:

Dawns Nos Galan, 1851

Edrychodd Alana'n syn ar y bachgen. 'Mi wn i fod hyn yn swnio'n od braidd,' meddai wrtho, 'ond pa flwyddyn ydi hi? A ble rydw i? Ai dawns gwisg ffansi lle mae'n rhaid i bawb wisgo fel cymeriad hanesyddol ydi hon?'

'Am gwestiynau rhyfedd!' chwarddodd y bachgen. 'Dydw i ddim yn deall pob un ohonyn nhw. Ond dawns Nos Galan yr Ymeradwr Franz Josef ydi hon, ac rydan ni yn Fienna, ym Mhalas Schönbrunn.'

Fienna! Felly mae'n rhaid mai Almaeneg oedden nhw'n ei siarad efo'i gilydd, meddyliodd Alana wrthi'i hun.

'Ac 1851 ydi hi?' gofynnodd, ei llais yn crynu braidd.

'Nage,' atebodd y bachgen.

'Wel diolch i'r drefn!' meddai hi gan chwerthin yn nerfus. 'Ro'n i'n meddwl mod i'n drysu am funud – fel petawn i wedi teithio'n ôl mewn amser neu rywbeth.'

'Nage,' meddai'r bachgen. '1850 ydi hi o hyd. Ond am hanner nos, bydd yn 1851.'

'O,' meddai Alana, ei hwyneb yn cymylu eto.

'Ond rydan ni'n gwastraffu amser yn siarad pan ddylen ni fod yn dawnsio,' ychwanegodd y bachgen. 'Ga i?' gofynnodd, gan ddal ei law allan am ei cherdyn.

'Ym, cewch,' atebodd Alana.

Ysgrifennodd y bachgen yr enw 'Karl'

gyferbyn ag un o'r dawnsfeydd ar y cerdyn. Yna, yn ofalus, clipiodd y blwch arian i'w gwisg hi, cynnig ei fraich iddi, a'i harwain allan ar y llawr dawnsio.

Pan gychwynnodd y miwsig, canolbwyntiodd Alana yn llwyr ar wneud stepiau'r ddawns yn gywir. Roedd digonedd o le ar y llawr anferthol i Karl fedru ei harwain i chwyrlïo rownd a rownd heb daro yn erbyn neb arall.

Pan orffennodd y miwsig, moesymgrymodd Karl eto, a'i hebrwng oddi ar y llawr. Ar ôl dawnsio i amseriad cyflym y walts, teimlai Alana braidd yn chwil, ac wrth iddi geisio cyrraedd cadair i eistedd i lawr, baglodd ar draws un o'r gwesteion.

'O, mae'n ddrwg gen i!' ymddiheurodd Alana.

'Paid â phoeni,' atebodd y foneddiges ifanc â gwên. 'Dwi ddim wedi brifo.' Roedd ganddi wallt euraid sidanaidd wedi'i godi'n uchel ar ei chorun a'i glymu â phinnau gwallt ar ffurf blodau arian pitw â diemwnt yng nghanol pob un. Ar ei gwisg binc golau roedd patrwm o flodau bychain. Mae hi'n edrych fel tywysoges go iawn, meddyliodd Alana.

Moesymgrymodd y wraig ifanc ac aeth yn ôl at ei phartner. Wrth i Alana gerdded at y gadair, sylwodd ar rywbeth yn sgleinio ar y llawr marmor. Pan blygodd i'w godi, gwelodd mai un o binnau gwallt y foneddiges oedd yno.

Rhuthrodd Alana ar ei hôl. 'Esgusodwch fi – dach chi wedi colli hwn,' meddai wrthi.

Gwenodd y foneddiges a diolch

iddi'n urddasol. 'Ond wn i ddim be
ydi'ch enw chi,' meddai hi.

'Alana,' sibrydodd
Alana'n swil.

'A'r Dywysoges Emmalina ydw i,'
atebodd y foneddiges.

Felly, *roedd* hi'n dywysoges go iawn!
meddyliodd Alana gan ei gwylio'n
cerdded oddi yno'n osgeiddig.

Pennod 6

Pan ddaeth Alana ati'i hun ar ôl dawnsio'r walts, penderfynodd edrych o gwmpas y lle am dipyn. Crwydrodd drwy'r neuadd ddawns heibio i byrth bwaog a ffiolau o flodau bendigedig. Yna aeth i mewn i ystafell fwyta lle roedd bwrdd yn orlawn o fwyd a diod o bob math.

Daeth gwas ati gan foesymgrymu a chynnig hambwrdd gyda gwydrau crisial yn llawn sudd ffrwythau o bob

lliw iddi.

'Diolch,' gwenodd Alana, gan ddewis gwydraid o sudd oren.

Wrth yfed ei diod crwydrodd draw at ffenestri tal ym mhen draw'r ystafell a syllu allan dros lawntiau perffaith y palas. Yn sydyn, sylweddolodd nad oedd hi ar ei phen ei hun. Eisteddai bachgen yn ei arddegau ar sedd yn y ffenest, bron o'r golwg y tu ôl i'r llenni. Syllai'n syth o'i flaen, a golwg ddigalon arno.

Teimlai Alana drosto, ac roedd yn rhaid iddi gael gwybod beth oedd yn ei boeni.

'Ym, haia, Alana ydw i,' meddai. 'Wyt ti'n iawn? Dwyt ti ddim yn edrych yn hapus o gwbl.'

'Os gweli di'n dda,' mwmialodd y bachgen, 'byddai'n well gen i beidio siarad efo neb ar y funud.'

'Paid â bod yn wirion,' meddai Alana'n swta. 'Mae'n help mawr gallu rhannu problem efo rhywun arall. Dyna mae Mam wastad yn ei ddweud.'

Ochneidiodd y bachgen. 'Mae fy nhad yn dweud bod yn rhaid i mi ddawnsio efo merch un o'i ffrindiau cyfoethog,' eglurodd. 'Mae o eisio i'r ddau deulu ddod yn ffrindiau. Ond fedra i yn fy myw ddawnsio'r walts, er mod i wedi trio a thrio. Mae'r athro dawns yn gweiddi arna i bob tro dwi'n gwneud camgymeriad. Wedyn dwi mor nerfus nes mod i'n ffwndro'n lân, a dwi

fel petai gen i ddwy droed chwith.'

'Ella y medra i dy helpu di,' cynigiodd
Alana. 'Be ydi d'enw di, beth bynnag?'

'Otto,' atebodd y bachgen.

'Iawn, ty'd 'laen, Otto,' meddai Alana.
Cydiodd yn dynn yn ei law a'i arwain
drwy ddrysau agored allan ar deras
llydan. Fin nos oedd hi, yr awel yn
gynnes, a miwsig y gerddorfa i'w
glywed yn glir ar draws yr ardd.

'Reit,' meddai Alana. 'Cofia'r

symudiad siglo braf, fel teithio ar frig ton. Heb dy athro'n gweiddi arnat ti, dwi'n siŵr y byddi di'n medru gwneud yn iawn. 'Dan ni'n dechrau drwy sefyll fel hyn. Gwneud saith tro naturiol cyn newid step. Wedyn troi am yn ôl a symud ymlaen yn llyfn.'

Roedd llygaid Otto'n llawn panig. Dechreuodd droi Alana rownd a rownd yn gyflym, gyflym nes i'r ddau syrthio'n bendramwnwgl ar lawr. Dychrynodd Otto am ei fywyd! Ond yna edrychodd y ddau i fyw llygaid ei gilydd a dechrau chwerthin! Roedden nhw'n chwerthin gormod i godi ar eu heistedd, hyd yn oed.

O'r diwedd, llwyddodd Alana i godi ar ei thraed. Rhoddodd ei llaw allan i helpu'r bachgen i wneud 'run fath. 'Rŵan,' meddai hi, 'Rown ni gynnig arall arni hi, a'r tro yma mi wnawn y stepiau'n araf bach. Gallwn ni gyflymu unwaith y byddi di wedi arfer efo nhw.'

Pan ddechreuon nhw waltsio eto, gallai Otto wneud y camau'n llawer iawn gwell. Bu'r ddau'n ymarfer am amser hir nes roedden nhw'n troelli'n berffaith i guriad y miwsig. Pan beidiodd y miwsig, safodd y ddau yn eu hunfan, gan chwerthin a chael eu gwynt yn ôl. 'Roedd hynna'n wych!' meddai Alana. 'Mae'n rhaid dy fod ti wedi dysgu rhywbeth gan dy athro dawns wedi'r cyfan. Dim ond i ti ymlacio fymryn bach, mi fedri di wneud y camau'n berffaith!'

'I ti mae'r diolch am hynny,' atebodd Otto, gan foesymgrymu iddi. 'Ac yn awr mae'n rhaid i mi fynd i chwilio am y Dywysoges Emmalina.'

'Felly efo *hi* mae o i fod i ddawnsio,' meddai Alana wrthi'i hun gan ei wylio'n diflannu i mewn i'r palas. 'Dim rhyfedd ei fod o ar bigau'r drain – mae hi mor hardd, *ac* mae hi'n dywysoges.'

Penderfynodd Alana fynd yn ôl i'r neuadd ddawns, a daeth tri bachgen arall ati i ofyn iddi ddawnsio. Ysgrifennodd pob un ei enw ar ei cherdyn dawns.

Tra oedd hi'n dawnsio efo'r bachgen cyntaf, sylweddolodd Alana ei bod hi'n dechrau mwynhau ei hun. Roedd dysgu Otto wedi gwneud iddi deimlo'n llawer mwy hyderus. Bellach, gallai fwynhau'r teimlad o droelli rownd a rownd wrth ddawnsio'r walts Fiennaidd heb boeni a oedd hi'n gosod ei thraed yn y lle iawn ai peidio.

Yn ystod y ddawns efo'i hail bartner,

sylweddolodd nad oedd hi hyd yn oed yn gorfod meddwl am ei thraed. Roedd hi'n waltsio'n gwbl naturiol.

Hanner ffordd drwy'r drydedd ddawns, aeth heibio i'w ffrind Otto oedd yn dawnsio efo'r Dywysoges Emmalina. Roedd Otto'n arwain ei bartner yn llyfn o amgylch y neuadd ddawns a'r ddau'n chwerthin yn hapus. Gwenodd Alana iddi'i hun. Yn amlwg, roedd hi wedi llwyddo i'w ddysgu!

Wrth i drydydd partner Alana foesymgrymu iddi a gadael y llawr, clywodd y cloc yn taro hanner nos. Yng nghanol lleisiau'n dymuno "Blwyddyn Newydd Dda", clywodd lais Madam Sera yn dod o bell, bell i ffwrdd: 'Fydd dim yn haws na dysgu'r ddawns; ac ar ôl i ti ddysgu digon, fe ddoi di adre ar d'union. Doi, fe ddoi di adre!'

Yn sydyn, rhuthrodd y Dywysoges Emmalina ati. 'Mae Otto wedi dweud wrtha i sut wnest ti ei helpu heno. Diolch yn fawr iawn i ti,' meddai gan gofleidio Alana'n gynnes.

Gwenodd Alana a gwrido, ond wyddai hi ddim beth i'w ddweud. Yna clywodd lais Madam Sera unwaith yn rhagor. 'Fe ddoi di adre! Fe ddoi di adre!'

Teimlai'r ystafell fel petai'n troi o'i hamgylch, er nad oedd hi'n waltsio erbyn hyn. Ar ôl iddi gau ei llygaid, allai hi ddim teimlo'r llawr marmor o dan ei thraed. Chwyrlïodd yn gyflymach ac yn gyflymach, a'r munud nesaf cyffyrddodd ei thraed â'r ddaear eto.

Agorodd ei llygaid, a dyna lle roedd hi yn Ffasiwn Steil, siop wisgoedd Madam Sera. Edrychodd ar y cloc a gweld mai gyda'r nos cynnar oedd hi o hyd. Ochneidiodd mewn rhyddhad. Doedd dim amser o gwbl wedi mynd heibio tra bu hi yn y palas. Diolch byth!

Newidodd yn ôl i'w dillad ysgol, gan ddatod y cerdyn dawns yn ei gas arian yn ofalus a'i roi yn ei bag.

'Dyna ti, 'mechan i,' meddai Madam Sera. 'Dos â'r wisg adre efo ti. Dwi'n meddwl y daw hi â lwc dda i ti.'

'Diolch, diolch yn fawr, Madam Sera!' gwaeddodd Alana, gan ei chofleidio. 'Ddo i â hi'n ôl yn fuan iawn.'

Plygodd Madam Sera y wisg ddawns yn ofalus rhwng haeanau o

bapur sidan gwyn a'i rhoi mewn bag pwrpasol.

Rhedodd Alana yr holl ffordd adref, gyda'r bag dros ei braich. Wyddai hi ddim pryd y câi hi gyfle i wisgo'r ffrog, ond gan ei bod mor hardd, allai hi ddim gwrthod cynnig hael Madam Sera.

Rhuthrodd i mewn drwy'r drws ffrynt, dim ond chwarter awr yn hwyr. I bob golwg, doedd ei mam ddim wedi sylwi. Edrychodd hi ddim ar y bag dillad chwaith.

Gan fod Alana mewn hwyliau mor dda, doedd dim ots ganddi fod yn rhaid iddi warchod Abi am sbel y noson honno. Does gen i ddim partner ar gyfer y Stomp Ddawnsio Ffurfiol chwaith, meddyliodd wrth chwarae gêm gyfrifiadur efo'i chwaer. Ond o leia dwi wedi cael antur mewn palas go iawn yn Fienna!

Pennod 7

Amser chwarae drannoeth, wrth grwydro o amgylch buarth yr ysgol efo Meena, roedd Alana'n dal i feddwl am ei hantur, a'i phen yn llawn goleuadau'r siandelïers a sglein y diemwntau.

'Dydi o ddim yn deg,' meddai Meena. 'Mae Trystan yn casáu'r walts Fiennaidd â chas perffaith. Dwi'n meddwl ei fod o'n ei dawnsio'n waeth yn hytrach nag yn well. Dwi *yn* ei hoffi o, ond 'sa'n dda gen i petawn i ddim yn gorfod dawnsio efo fo. Wyddost ti beth wnaeth o y noson o'r blaen? Dod â'i sglefrfwrdd i Stiwdio Stepio a gwibio i fyny ac i lawr y stiwdio ddawns pan oedd Fflur Haf ddim yno. Pan ddaeth hi i mewn a'i weld, aeth hi'n *wallgo*!'

'Mmmm? Go dda,' atebodd Alana a'i meddwl yn bell.

'Alana!' meddai Meena, gan stopio'n stond a throi i wynebu ei ffrind. 'Glywaist ti un gair dwi wedi'i ddweud?'

'Do, siŵr!' meddai Alana, a golwg euog ar ei hwyneb.

'Felly be *o'n* i'n ddweud?'

'Ym, bod Fflur Haf yn sglefrfyrddio rownd a rownd y neuadd ddawns?' atebodd Alana. 'Na, dydi hynna ddim yn iawn. Bod Trystan am dy ddysgu di i sglefrfyrddio?'

'O, anghofia fo!' wfftiodd Meena.

61

'Jest am nad oes gen ti bartner! Ond mi allet ti ddangos ychydig bach o gydymdeimlad am mod i'n gorfod dawnsio efo Trystan!' Ac i ffwrdd â hi, wedi gwylltio'n gacwn.

Teimlai Alana'n euog. Rhedodd ar ôl Meena a chydio yn ei braich. 'Mae'n wir ddrwg gen i!' mynnodd. 'Mae gen i gymaint ar fy meddwl. Dweda'r cyfan eto, ac mi wna i 'ngorau glas i wrando y tro yma. Dwi'n addo.'

'Iawn,' ochneidiodd Meena, ac

ailadrodd popeth roedd hi wedi'i ddweud. Doedd hi byth yn medru aros yn flin yn hir. Wrth siarad, gallai'r ddwy weld Trystan ar ochr draw'r buarth. Roedd o'n chwarae o gwmpas fel arfer, yn smalio cael cwffas cleddyf efo rhai o'r bechgyn eraill.

Wrth ei wylio, daeth golwg feddylgar ar wyneb Alana. 'Mae gen i syniad,' meddai. 'Rho funud i mi.'

Aeth draw at Trystan, cipio'r ffon oedd yn gleddyf iddo a'i thaflu o'r neilltu.

'Hei, be ti'n feddwl wyt ti'n wneud?' meddai Trystan yn bigog.

'Dwi angen gair efo ti,' atebodd Alana'n bendant. 'Mae Meena'n dweud dy fod ti'n chwarae'n wirion pan dach chi'ch dau i fod i ymarfer waltsio.'

'Wel, mae o mor ddiflas,' meddai Trystan yn bwdlyd. 'Peth i genod ydi o – yr holl droi a throsi 'na.'

'Erstalwm,' meddai Alana, 'roedd y walts Fiennaidd yn arfer cael ei

dawnsio gan dywysogion ac ymerawdwyr mewn palasau gwych. Wyddet ti hynna?'

'O?' gofynnodd Trystan, yn edrych fel petai ganddo ryw fymryn bach o ddiddordeb. Yna duodd ei wyneb. 'Ond dydw i ddim yn dywysog, nac ydw? A mi fydd Meena'n meddwl mod i'n anobeithiol, waeth faint o ymdrech wna i.'

'Dydi Meena ddim yn meddwl dy fod ti'n anobeithiol,' atebodd Alana. 'Ac mae hi'n sâl eisio cyfle i gystadlu yn y Stomp Ddawnsio. Mae'n annheg iawn – os na wnei di drio dy orau, mi fyddi di'n difetha'i chyfle hi.'

Edrychai Trystan yn ddiflas a chiciodd y ddaear â blaen ei droed. Ond ddywedodd o 'run gair.

'Y tro nesa rwyt ti'n dawnsio'r walts,'

awgrymodd Alana, 'pam na wnei di smalio dy fod ti'n ymerawdwr pwysig yn dathlu ennill brwydr fawr? Ella y byddai hynny'n helpu?'

Roedd golwg ansicr ar wyneb Trystan, ond gwelodd Alana fflach o ddiddordeb yn ei lygaid.

'Wnei di drio, o leia?' crefodd arno.

'Iawn,' ochneidiodd Trystan. 'Wna i 'ngorau.' Cododd y darn o bren, a mynd yn ôl at y gwffas gleddyf.

Roedd Meena wedi bod yn gwylio Alana a Trystan o'r ochr draw i'r buarth. Cododd Alana'i bawd. Gwenodd Meena'n ôl arni hi.

Pennod 8

O'r diwedd, daeth y diwrnod i Fflur Haf ddewis pwy fyddai'n cael cynrychioli Stiwdio Stepio yn y Stomp Ddawnsio Ffurfiol. Dau gwpwl fyddai'n cael dawnsio ar y llwyfan proffesiynol yn Neuadd y Ddinas.

Roedd mam Alana wedi sefyll yr arholiadau rai dyddiau ynghynt. Felly, doedd dim byd i rwystro Alana rhag mynd i'r dosbarth dawns olaf cyn y gystadleuaeth.

Ond does gen i ddim partner, meddyliodd. Felly does dim pwrpas i mi fod yma. Yn ddigalon, gwyliodd bawb yn yr ystafell newid yn sgwrsio bymtheg y dwsin. 'Hyd yn oed petawn i'r orau yn y byd am ddawnsio'r walts Fiennaidd,' meddai wrthi'i hun, 'fyddai o'n gwneud dim gwahaniaeth o gwbl – all neb waltsio ar ei ben ei hun.'

Daeth Keisha ati i'w chysuro. 'Mae'n wir ddrwg gen i, Alana. Dydi o ddim yn deg na chei di ddim cystadlu. A byddai'n well o lawer gen i fod yn dawnsio efo ti.'

'Mae'n iawn, siŵr, Keisha,' meddai Alana, gan wasgu'i llaw. 'Ddylet ti ddim colli hwyl y cystadlu dim ond am mod i wedi cael tipyn o anlwc. Beth bynnag, dwi'n siŵr dy fod ti'n falch o'r cyfle i ddawnsio efo bachgen!'

'Wel, rydw i'n cael llond bol o orfod cymryd rhan y bachgen, dim ond am mod i mor dal,' chwarddodd Keisha.

Ar hynny clywodd y ddwy lais Indeg yn siarad yn uchel yr ochr draw i'r loceri.

'Bydd Math a fi'n bendant yn cael ein dewis i fynd i'r Stomp Ddawnsio,' meddai hi. 'Felly, mae Mami am fynd a fi i Baris i brynu gwisg newydd. Fel arfer, wrth gwrs, mi faswn i'n cael ei gwneud efo llaw yn arbennig ar fy nghyfer i. Ond y tro yma does dim digon o amser.'

Edrychodd Alana a Keisha ar ei gilydd a chwerthin yn harti. Doedd Indeg byth yn sylweddoli mor hurt roedd hi'n swnio wrth frolio.

Trodd Indeg ei phen i weld pwy oedd yn chwerthin. 'O, chdi sy 'na,'

meddai'n drwynsur pan welodd Alana. 'Dwi'n synnu dy fod wedi cael dod i'r dosbarth heddiw. Glywais i fod yn rhaid i ti aros adre i warchod dy chwaer tra oedd dy fam allan yn gweithio.'

'Doedd Mam *ddim* allan yn gweithio,' meddai Alana'n flin. 'Roedd hi yn y tŷ yn astudio ar gyfer arholiad, ac roedd angen i mi fod o gwmpas am dipyn.'

'Hei, hei, be ydi'r holl weiddi yma?'

meddai llais chwyrn o gyfeiriad y drws. Fflur Haf oedd yno efo'i dwylo ar ei chluniau a'i llygaid yn fflachio'n beryglus. 'Does *neb* yn cael gweiddi yn fy ysgol ddawnsio i – *ydach chi'n deall*?'

'Ydan, Fflur Haf,' mwmialodd pawb.

'Iawn,' atebodd yr athrawes. 'Rŵan, brysiwch i'r stiwdio. Mae'n amser cychwyn.'

Unwaith roedd pawb yno, curodd Fflur Haf ei dwylo.

'Rŵan,' galwodd. 'Dwi eisio i chi ddod allan fesul dau. Pan fydd y miwsig yn cychwyn, dechreuwch ddawnsio'r walts. Ar y diwedd moesymgrymwch i'ch partner. Yna, ewch i eistedd a bydd y ddau nesa'n dechrau. Felly, pwy sydd am fod gyntaf?'

'Ni!' galwodd Indeg, yn llusgo Math allan ar y llawr efo hi.

'Iawn,' meddai Fflur Haf. 'Pan fyddwch chi'n barod, byddaf yn dechrau'r miwsig.'

Eisteddodd Alana a gwylio Indeg a Math yn symud yn osgeiddig o amgylch y llawr. Daliai Indeg ei phen yn uchel gan wenu'n hyderus. Gwyddai ei bod hi'n edrych yn wych.

'Mae'n rhaid i ti gyfaddef ei bod hi'n dawnsio'n dda,'

sibrydodd Alana wrth Meena, oedd yn eistedd wrth ei hochr. 'A Math ydi'r bachgen gorau am ddawnsio, o bell ffordd.'

Nodiodd Meena, yn cytuno'n llwyr.

Daeth y ddawns i ben. Yn wên o glust i glust, aeth Cadi draw at Indeg. 'Roeddet ti'n edrych fel tywysoges go iawn wrth ddawnsio'r walts 'na!' ochneidiodd.

Roedd Cadi'n un o ffrindiau Alana a Menna yn Stiwdio Stepio. Roedd hi'n arbennig o garedig ac yn hoffus dros ben. A doedd hi byth yn sylweddoli mai hen sguthan oedd Indeg.

'Wel,' meddai Indeg gan giledrych ar Alana, 'mae rhai pobol yn cael eu geni'n fwy arbennig nag eraill. Yn sicr, yn fwy arbennig na rhai sydd heb bartner dawnsio hyd yn oed.'

Gwridodd Alana'n ddig. Yna cofiodd iddi fod yn siarad efo tywysoges go iawn dim ond ychydig ddyddiau'n ôl. Roedd Emmalina'n garedig ac yn feddylgar – yn hollol wahanol i Indeg.

'Ella dy fod ti'n edrych fel tywysoges,' meddai Alana'n dawel wrth Indeg, 'ond yn sicr dwyt ti ddim yn bihafio fel un.'

Rhoddodd Indeg dro ar ei sawdl a stampio i ffwrdd heb ateb.

Ar hynny, clywyd llais Fflur Haf yn gofyn, 'Pwy sy nesa?'

Camodd Keisha a Jamie ymlaen. Jamie oedd un

o ddisgyblion ieuengaf Fflur Haf ac roedd Keisha'n dalach o lawer nag o. Gwnâi hynny iddyn nhw edrych yn gwpwl braidd yn od. Ond roedd y ddau yn amlwg wedi bod yn ymarfer yn galed, a symudent yn llyfn o gwmpas y llawr. Yn anffodus, ar y diwedd un, baglodd Jamie, gan wneud i Keisha gymryd cam ar y droed anghywir a difetha'r ddawns.

Cerddodd Keisha oddi ar y llawr, gan geisio dal y dagrau'n ôl. Gwenodd Alana arni'n llawn cydymdeimlad.

Tro Meena a Trystan oedd hi nesaf. Edrychai Meena'n nerfus wrth i'r ddau sefyll yn barod i gychwyn. Ond edrychai Trystan yn hyderus, ei gefn yn syth a'i ên yn uchel. Wrth i'r miwsig ddechrau, arweiniwyd Meena'n hyderus drwy'r ddawns gan Trystan, gan ddangos ei dechneg ardderchog i bawb.

Mae o'n cymryd arno ei fod yn ymerawdwr, meddyliodd Alana wrth ei wylio. Da iawn ti, Trystan!

O'r diwedd, roedd pawb ond Alana wedi cael cyfle. Diflannodd Fflur Haf i'w swyddfa i benderfynu pwy fyddai'n cael cystadlu. Arhosai pawb ar bigau'r drain i gael y canlyniad.

'Math ac Indeg fydd un cwpwl, wrth gwrs,' meddai Meena. 'Roedden nhw'n well na neb arall. Ond pwy fydd yr ail gwpwl?'

'Dwi'n meddwl bod gen ti a Trystan siawns dda iawn,' meddai Alana.

'Dwn i'm,' meddai Meena. 'Ro'n i'n meddwl bod Keisha a Jamie'n dawnsio'n dda. Mae Keisha'n meddwl eu bod nhw wedi colli'u cyfle am fod pethau wedi mynd o chwith ar y diwedd. Ond dwi ddim mor siŵr.'

Doedd dim amser i bendroni rhagor – daeth Fflur Haf yn ôl i mewn i'r ystafell.

'Rŵan,' meddai hi. 'Dwi'n meddwl eich bod chi i gyd wedi dawnsio'n eithriadol o dda heno. Mae pawb wedi gweithio'n galed iawn. Ond fel y gwyddoch chi, dim ond dau gwpwl gaiff fynd i'r Stomp Ddawnsio. A'r cyplau rydw i wedi'u dewis ydi . . .'

'Esgusodwch fi, Fflur Haf!' Trodd pawb i weld o ble roedd y llais yn dod. Math oedd yn siarad.

Cododd Fflur Haf ei haeliau heb ddweud gair. Doedd hi ddim yn hoffi i neb dorri ar ei thraws. Byth.

'Dim ond eisio dweud o'n i,' dechreuodd Math, braidd yn betrus,

'nad ydi o'n deg iawn na chafodd Alana gyfle i ddawnsio. Dim ond am nad oedd ganddi bartner. Felly ella y caiff hi gyfle efo fi?'

'Hynny ydi, os wyt ti eisio,' meddai gan droi yn swil at Alana.

'O! Ydw!' meddai Alana, yn wên o glust i glust.

'Iawn,' meddai Fflur Haf, 'un cwpwl arall, felly, ac mi benderfyna i . . .'

'Dydi o ddim yn deg!' bloeddiodd llais croch. Trodd pawb i syllu ar Indeg. Safai'n dalsyth, ei dwylo'n ddyrnau, a'i hwyneb yn goch fel tomato.

'Fy mhartner *i* ydi Math,' gwaeddodd, 'nid un Alana! A dydi Alana ddim hyd yn oed wedi bod yn ymarfer dawnsio'r walts. Felly does dim pwynt iddi geisio cael ei dewis!'

'Dyna ddigon, Indeg!' meddai Fflur

Haf yn ddig. 'Nid dy le *di* ydi dweud beth mae fy nisgyblion eraill i'n cael ei wneud.'

Trodd at Math ac Alana. 'Ewch i'ch llefydd,' meddai hi. 'Ac yna mi allwn ni ddechrau.'

Pennod 9

Wrth glywed y miwsig, teimlai Alana wrth ei bodd. Roedd hi wedi dawnsio'r alaw hon yn Fienna! O'r cam cyntaf un, roedd ei thraed fel petaen nhw wedi hen arfer â'r ddawns. Wrth i Math a hithau hedfan o amgylch y llawr, teimlai fel petai'n ôl yn y palas, a phob modfedd o'i chorff yn byrlymu â llawenydd y ddawns.

Pan ddaeth y ddawns i ben, cymeradwyodd pawb yn frwd.

Eisteddodd Alana a Math i lawr, yn fyr eu gwynt. Galwodd Fflur Haf am dawelwch.

'Y ddau gwpwl fydd yn cystadlu yn y Stomp Ddawnsio,' cyhoeddodd, 'fydd . . . Meena a Trystan . . .'

Ar hynny, rhoddodd Meena sgrech hapus, a chofleidio Trystan. Aeth yntau'n swil i gyd, ond roedd yn amlwg wrth ei fodd.

'Yr ail gwpwl,' ychwanegodd Fflur Haf, 'fydd Alana a Math.'

Curodd y disgyblion eraill eu dwylo'n gwrtais, ond boddwyd y sŵn gan sgrech oedd yn ddigon i hollti clustiau pawb.

'Mae'n *hollol* annheg!' sgrechiodd
Indeg. '*Fi* ydi partner Math! *Fi* – nid
Alana! *Fi* ddylai gael mynd i'r Stomp!'

'Indeg, bydd ddistaw os gweli di'n
dda,' meddai Fflur Haf yn dawel. 'Mi
wnest ti a Math ddawnsio'n dda, ond
dwi wedi gwneud fy mhenderfyniad.
Roedd Alana'n dawnsio'n eithriadol
heno.'

'Wel, dwi'n mynd i ddweud wrth
Dadi mod i eisio gadael Stiwdio Stepio
a chael gwersi gan athro preifat!'
meddai Indeg. 'Dydi Alana ddim hyd
yn oed yn talu am ei gwersi yma! Wela
i ddim pam y dylai *hi* gael dawnsio
mewn cystadleuaeth fawr, bwysig.'

'Dyna *ddigon*, Indeg!' meddai Fflur
Haf mewn llais oeraidd. 'Does *neb* o'm
disgyblion i'n cael siarad fel yna.

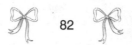 82

Rŵan, ella y byddet ti'n hoffi mynd i newid ac aros tan ddiwedd y ddosbarth i rywun dy gasglu di?'

Rhuthrodd Indeg o'r ystafell fel corwynt gan glepio'r drws ar ei hôl.

Cafwyd eiliad o dawelwch annifyr, ond ymhen fawr o dro roedd pawb yn sgwrsio'n brysur eto. Daeth disgyblion eraill draw i longyfarch y ddau gwpwl llwyddiannus. Roedd wyneb Alana'n fyw o lawenydd a'i llygaid yn pefrio.

Ar ôl y dosbarth, daeth tad Meena i'w chasglu hi ac Alana yn y car. Pan glywodd fod y ddwy wedi cael eu dewis, cyhoeddodd y bydden nhw'n cael hufen iâ i ddathlu. 'Os bydd hynny'n iawn gan dy fam,' meddai wrth Alana.

'Siŵr o fod,' meddai Alana. Ffoniodd tad Meena fam Alana ar ei fobeil i

ddweud lle roedden nhw'n mynd. Yna,
i ffwrdd â nhw i gaffi yn y dref. 'Dyma
lle mae'r hufen iâ *gorau*,' meddai
Meena.

Hanner awr yn ddiweddarach, roedd
Alana'n rhoi llwy hir mewn gwydryn
tal, yn llawn hufen iâ trilliw. Mae'n
anodd credu mor ofnadwy oedd
popeth rhai wythnosau'n ôl,

meddyliodd. Ro'n i'n gwarchod Abi bob fin nos, ac yn methu ymarfer y walts. Rŵan, dwi'n mynd i gystadlu yn y Stomp Ddawnsio ac mae gen i wisg hyfryd. A dyma fi'n cael hufen iâ i ddathlu efo fy ffrind gorau!

I Madam Sera mae'r diolch i gyd, meddai wrthi'i hun, wrth feddwl am y person hudolus, llawn dirgelwch, oedd fel petai wedi dod i'w bywyd o unman.

Pennod 10

O'r diwedd, daeth diwrnod y Stomp Ddawnsio, a chyrhaeddodd Alana Neuadd y Ddinas efo'i mam ac Abi. Roedd y tri arall o Stiwdio Stepio wrthi'n paratoi yng nghefn y llwyfan. Ar lawr y neuadd roedd criw teledu wrthi'n gosod eu hoffer er mwyn ffilmio ar gyfer S4C.

Roedd y rhan fwyaf o ddisgyblion eraill Stiwdio Stepio wedi dod yno i wylio'r gystadleuaeth. Synnodd Alana

wrth weld bod hyd yn oed Indeg yno.

'Mae'n debyg ei bod hi'n difaru
achosi cymaint o helynt,' meddai
Meena.

Gwisgai Alana'r wisg sidan felen â'r
rhosynnau bach drosti. Doedd Madam
Sera ddim yno i osod ei gwallt fel
roedd hi wedi'i wneud yn y siop, ond
gwnaeth Meena ei gorau glas.
Treuliodd hydoedd yn codi gwallt
Alana ac yn ei osod yn ei le
gan ei ailwneud droeon
nes teimlo'n fodlon.

'Amser yr ymarfer
olaf, bawb,'
galwodd
Fflur Haf.

Ond
wrth i'r
pedwar

fynd i sefyll yn eu llefydd, rhuthrodd mam Alana i mewn. 'Ble mae Abi?' gofynnodd yn wyllt. 'Ydi hi efo ti, Alana?'

'Nac ydi, Mam,' meddai Alana. 'Dydw i ddim wedi gweld golwg ohoni hi er pan gyrhaeddon ni.'

'Roedd hi'n eistedd wrth fy ochr i yn y gynulleidfa tra o'n i'n sgwrsio efo rhai o'r rhieni eraill. Pan drois i rownd, roedd hi wedi diflannu.' Roedd mam Alana'n anadlu'n gyflym, a'i llais yn crynu.

'Rŵan, peidiwch â chynhyrfu,' meddai Fflur Haf yn dawel. 'Mae'n debyg mai wedi mynd i grwydro o gwmpas y theatr mae hi. Mi ddo i efo chi i chwilio amdani, ac mi ddaw rhai o'r disgyblion eraill i helpu hefyd.' Trodd at Alana a'r tri chystadleuydd

arall. 'Ewch ati i ymarfer hebdda i –
dwi'n siŵr na fydda i ddim yn hir.'

Ar hynny, rhuthrodd mam Alana a
Fflur Haf i ffwrdd.

Roedd Alana o'i cho'n lân. Rêl Abi . . .
yn difetha popeth eto, meddyliodd.
Bron i mi beidio cael cystadlu yn y
Stomp am fod yn rhaid i mi ei
gwarchod hi. A rŵan mae hi wedi
mynd ar goll. Mae hi'n dal i ddifetha
popeth!

Wrth geisio ymarfer, gwnaeth Alana
ei gorau glas i ganolbwyntio ar y
camau, ond baglai ar draws traed Math
o hyd. O'r diwedd, safodd yn ei
hunfan. 'Fedra i ddim,' meddai hi wrth
Math. 'Dwi'n methu canolbwyntio ar y
walts tra mae fy chwaer ar goll. Mae'n
rhaid i mi fynd i chwilio amdani.'

Rhuthrodd Alana o'r ystafell ymarfer.

Rhedodd ar hyd coridorau cefn y theatr, gan agor pob drws wrth fynd heibio. Doedd dim golwg o Abi yn unman.

Yna daeth llais drwy'r uchelseinydd: 'A ddaw'r cystadleuwyr i gyd i'w llefydd, os gwelwch yn dda? Mae'r Stomp ar fin cychwyn.'

Wrth ddal ati i chwilio, sylwodd ar Indeg yn mynd tuag at ochr y llwyfan. Dyna ryfedd, meddyliodd. Pam mae Indeg mewn gwisg ddawns ffurfiol a hithau ddim yn cystadlu?

Ond feddyliodd hi ddim mwy am y peth. Gyda phob munud a âi heibio, teimlai'n fwy ac yn fwy pryderus ynghylch ei chwaer. Ble yn y byd mawr oedd hi? Clywai bobl o'i chwmpas ym mhobman yn galw, 'Abi! Abi!'

'Meddylia!' meddai Alana wrthi'i

hun. 'Ble gallai hi fod? Mae hi'n hoffi chwarae cuddio. Ond does neb yma i chwarae efo hi, felly nid dyna sydd wedi digwydd.' Safodd yn hollol lonydd a chau ei llygaid, gan gobeithio clywed Abi'n galw.

O rywle islaw iddi, clywodd rhyw sŵn cnocio bach gwan.

Pennod 11

'Abi! Abi!' galwodd Alana, wrth i sŵn y curo godi'n uwch ac yn fwy taer.

Dilynodd Alana'r sŵn i lawr grisiau concrit a chyrraedd drws yn union o dan y llwyfan. Roedd y curo'n uchel iawn erbyn hyn.

'Abi, wyt ti i mewn yn fan'na?' galwodd Alana.

'Alana!' gwaeddodd llais bach, llawn dychryn. 'Fedra i ddim agor y drws!'

Ysgydwodd Alana'r drws, ond roedd

wedi cloi.

'Aros yn lle rwyt ti, Abi!' meddai hi. 'Dwi'n mynd i chwilio am help.'

Rhedodd i nôl y rheolwr llwyfan a dweud wrtho beth oedd wedi digwydd. Cipiodd yntau bentwr o allweddi o'i swyddfa a rhuthro i lawr y grisiau, gydag Alana, a'i mam a Fflur Haf yn ei dilyn.

Cyn gynted ag yr agorodd y rheolwr

llwyfan y drws, syrthiodd Abi i freichiau'i mam. Ymunodd Alana yn y cofleidio a'r caru mawr. Roedd pawb yn crio – wedi cael sioc ac am eu bod mor falch o weld bod Abi'n ddiogel.

'Ond beth ddigwyddodd?' gofynnodd Alana iddi. 'Be oeddet ti'n ei wneud i lawr yn fan'na?'

'Fedra i ddim deall y peth o gwbl,' meddai'r rheolwr llwyfan. 'Mae'r allwedd yn y drws bob amser. Mae'n rhaid fod rhywun wedi mynd â fo.'

'Dim ots am hynny rŵan,' meddai ei mam. 'Be sy'n bwysig ydi ei bod hi'n ddiogel. Brysia, Alana, rhag i ti golli dy le yn y gystadleuaeth.'

Felly rhuthrodd Alana nerth ei thraed yn ôl i fyny i ochr y llwyfan. A beth welodd hi ond Math ar fin cerdded ar y llwyfan i berfformio'r

walts – efo Indeg ar ei fraich!

Yn dawel ac yn hamddenol, cerddodd Alana at Indeg a rhoi ei llaw ar ei hysgwydd. 'Esgusoda fi,' meddai'n gwrtais, 'ond dwi'n meddwl mai fi ddylai fod yn sefyll yn fan'na.' A chymerodd le Indeg wrth ochr Math. Gwenodd Math yn fodlon, ond fflownsiodd Indeg oddi yno, yn amlwg o'i cho, a'i hwyneb yn wyn o ddicter.

Ymhen ychydig eiliadau, safai Math ac Alana yng nghanol y llwyfan, a'r sbotolau arnyn nhw, yn barod i gychwyn.

Cyn gynted ag y clywodd Alana y miwsig hyfryd, diflannodd straen yr hanner awr olaf. Dechreuodd y ddau ddawnsio, ac yn sydyn teimlai'n ysgafn fel pluen, fel petaen nhw'n hedfan o amgylch y llwyfan. Llwyddodd y ddau

hyd yn oed i wneud *fleckerl* perffaith.
Pan ddaeth y ddawns i ben, cafodd y
ddau gymeradwyaeth uchel.

Meena a Trystan oedd nesaf. Safodd
Alana a Math ar ochr y llwyfan yn
gwylio. Edrychai Trystan cyn falched
ag ymerawdwr wrth arwain Meena'n
osgeiddig o gwmpas y llwyfan. Roedd
golwg bell yn ei lygaid. Meddyliodd
Alana ei fod yn sicr yn dychymgu'i hun
mewn neuadd ddawns Fiennaidd –fel
yr un ym Mhalas Schönbrunn, efallai.

Ar ôl i'r holl gystadleuwyr

berfformio, aeth pawb yn ôl i'r ystafell wisgo i aros am ddyfarniad y beirniaid. Eisteddodd criw Stiwdio Stepio mewn cornel, yn trafod Abi.

'Dwi'n methu deall pam roedd hi i lawr yn fan'na,' meddai Alana.

'Chwarae cuddio oedd hi,' atebodd Trystan.

'Sut gwyddost ti?' holodd Alana.

'Glywais i Indeg yn gofyn iddi oedd hi eisio chwarae.'

Edrychodd Alana a Meena ar ei gilydd. Doedd dim angen iddyn nhw ddweud gair. Yn amlwg roedd Indeg wedi bod wrthi'n chwarae'i hen gastiau annifyr eto. Roedd hi wedi cloi Abi yn yr ystafell yna, yn y gobaith y byddai hi'n cael dawnsio yn lle Alana. A bu ond y dim iddi lwyddo.

Doedd dim amser i siarad rhagor

wrth i'r llais dros yr uchelseinydd alw'r holl gystadleuwyr i'r llwyfan i glywed dyfarniad y beirniaid.

Safodd Alana ar y llwyfan wrth ochr Math gan edrych allan i'r gynulleidfa. Gwelai ei mam ac Abi'n gwenu arni. Eisteddai rhieni Meena wrth eu hochr. Roedd mam Trystan yno hefyd, yn edrych yn nerfus iawn. Ond doedd dim golwg o Indeg.

'A'r enillwyr ydi . . .' meddai'r prif feirniad. Yna gadawodd saib hir, er mwyn cadw pawb ar bigau'r drain.

'Alana a Math!'

Daeth bonllef o gymeradwyaeth. Curodd pawb eu dwylo'n wyllt wrth i'r ddau fynd i dderbyn eu cwpanau.

Ond yna, galwodd y prif feirniad am dawelwch. 'Mae gen i un cyhoeddiad arall,' meddai hi. 'Er mai un wobr yn

unig fyddwn ni'n ei rhoi fel arfer, eleni 'dan ni wedi penderfynu rhoi cydnabyddiaeth hefyd i Meena a Trystan. Roedd eu perfformiad wedi gwneud argraff fawr arnon ni. Rydan ni'n teimlo eu bod yn haeddu sylw arbennig.' Edrychai Trystan yn

debycach fyth i ymerawdwr wrth iddo fynd efo Menna i ysgwyd llaw efo'r beirniaid i gyfeiliant cymeradwyaeth fyddarol gan bawb.

Y noson honno, mynnodd mam Alana ac Abi eu bod yn mynd i'r gwely'n syth ar ôl swper. ''Dan ni wedi cael digon o ddrama a chyffro heddiw i bara am weddill y flwyddyn,' meddai hi. 'Dw innau'n mynd i'r gwely rŵan – 'dan ni i gyd angen noson dda o gwsg.'

Doedd dim ots gan Alana. Edrychai ymlaen at estyn yr albwm porffor ac aur hardd roedd Madam Sera wedi'i roi iddi. Roedd hi eisiau rhoi'r peth olaf gafodd hi i gofio i mewn ynddo.

Eisteddodd ar y gwely ac estyn y cerdyn dawns arian o'i bag ysgol. Agorodd y casyn arian i edrych ar yr enwau y tu mewn cyn ei osod yn un o

bocedi'r albwm.
Tynnodd luniau
o gyplau'n waltsio o'i amgylch i gyd.
Dyna hen dro na fedra i sôn wrth

neb am yr anturiaethau dwi'n eu cael pan fydda i'n mynd i siop Madam Sera, meddyliodd. Fyddai neb yn credu be sy'n digwydd i mi yno. Ond, a dweud y gwir, roedd yr antur ges i heddiw bron mor gyffrous!

Croeso i Fyd
Dawns Arlene

Beth am fod yn seren y ddawns?

Dychmyga dy fod yn dawnsio ym Mhalas Schönbrunn, yn union fel Alana ac Otto. Dyma ambell awgrym i dy helpu i ddawnsio'r walts Fiennaidd yn wych!

 ## Cydio'n glòs

Cadwa dy gefn yn berffaith syth! Mae siâp y corff yn bwysig iawn yn y walts Fiennaidd.

Tro am yn ôl

Dyma gam sylfaenol y walts Fiennaidd.
Troi i'r dde mewn tri cham: merched yn
mynd â'r droed dde yn ôl, cam i'r chwith,
y droed dde'n ymuno â hi.

Newid

Un cam yn ôl ar y droed chwith. Un cam
i'r ochr efo'r droed dde. Cau'r droed
chwith at y droed dde.

Ffeithiau Ffantastig am y walts Fiennaidd

Yn Ffrainc erstalwm iawn, roedd pobl gyffredin yn dawnsio dawns o'r enw Folta, oedd yn sail i'r walts Fiennaidd.

Ar y pryd roedd pobl yn meddwl ei bod hi'n ddawns ddigywilydd am fod yn rhaid i gyplau gadw'n glòs at ei gilydd. Doedd y Brenin Louis XIII ddim yn fodlon i neb ei dawnsio yn ei lys!

Dawns o Loegr ydi'r ddawns sy'n cael ei galw'n 'walts' heddiw. Mae hon yn llawer arafach na'r walts Fiennaidd, a dylai hon gael ei

pherfformio ar 180 curiad y funud!
Amseriad tri-phedwar sydd i'r ddwy,
ond dawns 'gylchdro' ydi'r walts
Fiennaidd, â'r partneriaid yn troelli
drwy'r adeg.

Mae fersiwn arall o'r walts yn cael ei
alw'n 'American Smooth'. Yn hon, caiff
y merched eu codi dair gwaith ac
mae'n cynnwys stepiau fel y *fleckerl*,
troelli yn yr unfan, troi fel top, plygu,
troi o dan freichiau a siglo i'r ochr.
Mewn dawnsfeydd Fiennaidd, mae'n
rhaid i gyplau ddawnsio gan droi a
newid camau yn unig. Mae'n ddawns
syml, a hynod urddasol.

Llyfrau eraill am Alana a'i Ffrindiau

Llyfr 1: Samba Syfrdanol

Mae 'na sioe ddawnsio Lladin bwysig ar fin cael ei chynnal yn Stiwdio Stepio. Ond dydi Alana ddim yn wych am ddawnsio'r samba. Ac mae ei mam wedi anghofio gwneud gwisg iddi.

Mae'n gweld yr union wisg mae hi ei hangen yn Ffasiwn Steil, siop wisgoedd Madam Sera. Wedi ei rhoi amdani, caiff ei chwyrlïo mewn amrantiad i Frasil i ddawnsio mewn carnifal anhygoel!

Tybed a fydd hi'n dysgu dawnsio'r samba mewn pryd?

Llyfr 2: America!

Mae Alana a'i ffrind gorau Meena yn ymarfer dawnsio ar gyfer sioe'r ysgol. Ond mae eu ffrindiau'n dweud bod eu dawns yn hen ffasiwn.

Beth all y ddwy ei wneud?

Mae'r union beth i helpu Alana yn Ffasiwn Steil, siop wisgoedd Madam Sera!

Wrth iddi roi'r dillad dawnsio hud amdani, mae Alana'n mynd i America i berfformio mewn dawns stryd efo'i hoff fand bechgyn!

Ond a fydd hi'n medru gwneud i sioe'r ysgol droi'n fwrlwm o gyffro?

Llyfr 4: Bollywood Amdani!

Mae Alana eisiau helpu Meena, ei ffrind gorau, i fynd i glyweliad ar gyfer sioe newydd *Breuddwydion Bollywood*. Ond dydyn nhw ddim yn siŵr eu bod yn gwneud y stepiau'n iawn.

Pwy all eu helpu? Wel, Madam Sera, wrth gwrs!

Ar ôl i Alana roi'r wisg Indiaidd ddisglair o Ffasiwn Steil amdani, caiff ei chwyrlïo yr holl ffordd i set ffilmio Bollywood yn India!

Wrth ddawnsio gyda sêr hardd y sgrin, mae Alana'n dysgu'r camau gorau i gyd. Ond a fydd hi'n medru llwyddo i wneud Meena'n seren hefyd?